첫사랑

첫사랑

글쓴이 / 김성덕
펴낸이 / 孫貞順
펴낸곳 / 모아드림

1판 1쇄 / 2005년 2월 21일

서울 서대문구 북아현3동 180-22
전화 / 365-8111~2
팩시밀리 / 365-8110
E-mail / morebook@korea.com
        morebook@morebook.co.kr
http://www.morebook.co.kr
등록번호 / 제2-2264호(1996.10.24)

값 6,000원

모아드림 기획시선 74

첫사랑

김성덕 시집

모아드림

잘 가거라, 나의 여린 思惟여!

내 마른 눈물로는 채우지 못할 바다로
내 서툰 걸음으로는 정복하지 못할 사막으로
오늘 밤에는
기어이 떠난다 하니
내 가슴에 품고 있었던 비밀을 들킬 것 같아
두려움으로 부끄러움으로 싸서
너를 보낸다.

잘 가거라, 나의 그리움이여!

2005년 1월 수통골을 바라보며

김성덕

차 례

自序

1부 내 그리움의 刑期

3부 탈

4부 죽은 꿀벌에게 묵념

1부
내 그리움의 刑期

첫사랑

유통기한은
우유에만 있는 게 아닙니다
돌이켜 생각해보니
나의 첫사랑에도 있었답니다

기한이 지난 우유를 마시면
영락없이 배탈 나듯이
첫사랑도
내게 머물 기간이 끝났는지
어느 날, 훌쩍 내 곁을 떠나간 뒤에
불면의 후유증만 남겼습니다

향기는
꽃잎 따라 피고 지던데
그리움은
첫사랑 따라오기만 하고
그 사랑이 떠난 후에도
오래오래 가슴속 깊이 머뭅니다

첫사랑은
유통기한이 있지만
두고 간 그리움에는 분명 기한이 없답니다

내 그리움의 刑期

그 언젠가
첫사랑이란 이름의 은장도에 베인
내 가슴의 깊은 상처,
세월 가면 아물 법도 한데
달빛 한 자락이라도 밟으면
어김없이 덧나 욱신거려서

사실은
그녀 눈동자만 오래 쳐다본 죄
벤치에서 남몰래 입술을 훔친 죄
이별법도 모르면서 사랑을 아는 척한 죄
침범하면 안될 것을 건드린 죄
그런 죄들밖에 없는데

봄꽃 지는 달밤
상처를 슬그머니 들춰보니
돌아앉은 그리움의 등 뒤에 새겨진
주홍 글씨

종 · 신 · 형

흑백사진

첫 순간에 반할 수 있지요
금방 손잡을 수도 있겠지요
한나절 안으로도 좋아 죽을지 모르지요
허나, 어느 날 떠나고 나면
그 사랑을 잊는 데는 평생이 걸립니다

첫 만남이 영원할 것 같지요
그대가 생애 유일한 연인이길 바라겠지요
허나, 이룰 수 없는 사랑이라면
그 상처 지우는 데는 평생이 걸립니다

긴 세월 동안
그렇게 쉽사리 잊지 못하는 것이라면
그냥 가슴속에 내버려 두세요
다만,
너무 가까이 두지 마세요
보고플 적마다 그리워질 테니
너무 멀리도 두지 마세요

잊은 듯할 때는 외로워질 테니

첫사랑은
평생 가슴속에 평생 남아있을
한 장의 빛바랜 흑백사진입니다

수련

사랑은 바람이 되고
슬픔은 빗방울이 된다고 했던가
실바람에 실려 내려앉는 빗방울을
깊은 가슴속으로 끌어안는
연못, 그 속에서
엷은 미소로 피어나는 수련
작은 꽃봉오리

바람은 속삭임처럼 다가와
잠시 스쳐갈 뿐 머물지 아니하고
이슬비는 소리 없이 오더라도
흔적 없이 떠나는 법이 없다는데
연못에 잠긴 새벽을 깨우며
빗방울이 흩날리는 걸 보니
또 누군가에게서
못 이룰 사랑이 싹트려는가 보다

하지만 두려워 마라

비 오고 바람 부는 날에
뜨락으로 난 창문에 흐르는 눈물이라도
그대 안에 늘 벗이 될 그 사랑임을

화살나무에 대한 斷想

돌이켜보면
흘깃 스쳐 지나간 인연이란
한철 아지랑이를 잡는 일처럼 부질없는 걸
어쩌다 기억 속에서 한번
내게 눈인사라도 해오는 날이면
끝끝내 부치지 못했던 사연도
화살이 되어
이 봄날 가기 전에는
그대 가슴 한복판에 이를 수 있으리라
나는 꿈을 꾼다

그래, 잠깨기 전에
단 한 번이라도 그대 품에 안길 수 있다면야
내 가슴속에 남아있던
그대 향한 작은 그리움마저 도려내며
날아가 버려
영원히 이루지 못할, 그런
외톨이 사랑이 될지라도 내 무슨 상관이랴

동백꽃

몸살이었는가
한밤 내내 오한으로 떨고 있다가
새벽녘이 되어서야
입술마저 파래진 너를 보았다
어젠 그 첫날밤
볼우물 타고 흘렀던 눈물방울
서릿발 돋는 차가운 바람 속
너의 흐느낌은 단지 겨울 탓만은 아니다
살갗 찢어진 아픔을 참아가며
수줍은 척
진한 선홍빛을 파란 꿈으로 감추고 있는
너

자목련

주인을 닮아 낡은 지갑 하나
토담 구석에 떨어져 있다
궁금하여 열어볼까
아마 때묻은 지폐 몇 장과
기한 지난 상품 할인권 몇 장이 고작일
그대의 가슴속,
가녀린 붉은 심장이 보일 것만 같아서
많이 아파도 위로할 수 없을 것 같아서
어느 봄날 웃으며 찍은 사진이
금세 눈물을 뚝뚝 흘릴지도 몰라서
그래서
네 슬픈 얼굴만 곁눈질해 보곤
머뭇대다가
이내 말 한 마디 건네지도 못한 채
나는 돌아섰다

국향菊香

어느 이별의 눈물방울이
가을 산기슭에 떨구어져
밤샘 바람에 파르르 울다가 핀
산국화

내 찻잔 속에서 다시 피어나선
이리도 아련하게
잠시 머물다 가는
가슴깊이 몰래 꼭꼭 묻어두었던
그녀의 미소

세월은 하염없이 흘렀어도
낯설지 않은 향기로 다가와
텅 비어가는 가슴을
다시금 채워주는 나의
첫사랑

그대에게 이르는 길

달빛이
밤새도록 토담을 다 적셔가며 울어도
기껏 눈물 몇 방울만 거미줄에 걸려
울안 살구나무를 흔들 뿐
동녘이 밝아오기라도 하면 어김없이 뒷걸음질쳐
처마 밑 새벽녘을 벗어나지 못하는 것처럼

오늘도
나의 눈길이 그대에게로 이르지 못하였고
나의 숨소리도 그대 입술에 다가서지 못했으니
온 눈덩이가 퉁퉁 붇도록 울어봤자
뉘 하루만 무심히 흐르다가
첫사랑처럼
늘 나의 등 뒤로만 숨으려 한다
그대는

비 오는 날의 가로등

그 시절
우리는 네 빛줄기에 묶여
사랑으로 몇 년을 허송하더라도
지나면 그게 다 추억이 된다고 믿었었다

어느 날인가
비 오는 뒷골목 우산 속에서
손은 잡아도 괜찮다던 그녀를
네 빛에 취해 기어이 울리고 말았는데
훗날 누가 와 웬일이냐고 꼬치꼬치 물으면
어둠 속 빗방울 때문에 울먹이는 그녀 뒷모습
그것밖에 못 보았다고
너나 나나
모른 체하자고 다짐하지 않았던가

그렇지만 내가 그러하듯이
수시로 눈비 내리고 바람불어도 그 때일 뿐
너 또한 모두 다 지울 수는 없었겠지

오늘 밤
빈 내 가슴으로 강물은 흘러내리고
비밀한 빛만 여전히 남아 밤새도록 흐느끼는
너

사랑이 흔들리는 이유

갈대는
바람에 흔들릴 때만 제 숨소리를 듣는다
흔들린다는 건 아픔이지만
흔들려야
비로소
살아있다는 것을 확인하는 것이다

나무는
흔들리면 흔들릴수록 뿌리가 깊어진다
흔들린다는 건 아픔이지만
흔들려서
비로소
제 삶의 깊이를 확인하는 것이다

그래서 사랑도
때때로 흔들리는 법이다

순환열차

약속시간이 점점 다가오는
2호선 전철역 구석에 쪼그리고 앉아
떠나갈 이를 기다려본 사람은 안다
붙잡지 못하는 것들에는 뭐든
아쉬움이 숨어있다는 걸

사람들이 흘깃 쳐다보고 갈 때마다
아니다,
그냥 아랑곳하지 않고 지나더라도
기다리는 전철이 오지 않은 것처럼
태연히 펼쳐든 일간 신문지,
전철이 오갈 때마다
신문지 갈 깃에 끼워놓고 가는 허탈
그 뒷덜미만 만지작거리고 있는 나

약속시간이 한참 지나간
전철 순환선 지하 역 대합실에서
떠나갈 이를 기다려본 사람은 안다

머물지 못하는 것들에는 뭐든
그리움이 숨어있다는 걸

순환열차는
잠시 머물러 또 다시 떠나고
나만 한동안 그 자리를 뜨지 못한다

수수깡

마음 한구석에 까닭 모를
갈색 서글픔만 서걱대던 하루가
너무나 길었기에
마른 바람결에 서서
하늘 높이 안테나를 뽑아놓고
개똥벌레는 왔느냐고
나는
끝 시월에게 핸드폰을 칩니다

이 번호는 없는 지역번호이거나
국번호입니다 다시 확인 …
~~~ ~~~~
핸드폰 화면에
밤 기러기 떼 줄지어 날아갑니다

탱자나무의 고백

작은 멧새, 가랑비라도 피하려 들어도
헛간 한 칸 선뜻 내어주지 못했고
곳간에 쌓인 과일 누렇게 썩어가도
배고픈 생쥐에게 나눠줄 줄 몰랐으니
그건 그렇다손 치더라도
곁에 잠시 머물다 떠나야만 했던 사랑,
그 눈물 빛 같은 깃털을 전리품으로 내다 건
가시 끝을 향해 잠시 묵념하고 가는
갈바람에조차 상처를 내었던
지난날 나의 야살*

내게 다가왔던 사랑, 어느 하나라도
상처받지 않은 것이 어디 있었더냐
내 안에만 가둬두었던 가시사랑은
진정 사랑이 아니었네

* 얄망스럽고 되바라진 태도

33

가시연꽃

잔물결 바람에도
뼛속까지 스며드는 고통으로
온몸이 퉁퉁 부었을지라도
달빛 푸르러 꽃필 적엔
내 울지 않았느니, 아프지 않았느니

꽃잎을 바람에 묻고 난 뒤에도
나의 가을은 아직도
이 늪에서 허우적거리며 머물러 있지만
오늘도 연못 속에는
붉은 단풍잎 하나를 바쳐 든
하얀 반달
흔들리며 떠나가고 있느니

그래, 다들 떠나고 나 홀로 남아서
비록 고개를 떨구고 있을지라도
그때에 가 누군가 찾거나
언젠가 떠난 것들이 되돌아와 물으면

대답하리라,
모두 가을에 떠났다고
난 여기서 죽 기다리고 있었노라고

그리움엔 소리가 없다

한 때는 세상의 온갖 애착들을
부둥켜안고 안절부절 못했던
저 들판,
이제는 모두 다 내어주고
지나는 성긴 바람에 신음을 낮추고 있다

머무는 것은 언제나 고통이었으니
떠난다고 붙잡지 마라
깨끗이 비워두면
그리하면, 그 빈 터에는
갈바람 소리도 결코 머물지 않으리

언젠가 봄바람이 찾아와
네 이름으로 안부를 묻기라도 하면
나는 이 텅 빈 가슴을 열어
늘 비워두었다고
그런데 소리 없이 아프기만 했다고

달맞이꽃, 피다

멀면 멀수록 너의 그늘은
진한 어둠이 되어
끝까지 가슴속에 숨기고 싶었던
울음
밤 깊은 하늘에 별로 띄워두고
언덕마루에 까치발로 서서
무심히 흘러가는 달그림자만
그냥 말없이 바라다보는

바람 한 점 없이는 날지 못했던
민들레 홀씨 같은
꿈
이슬방울에 빠져 허우적대기만 했는데
오늘 새벽달은
드디어 노랑별에 밑줄을 긋고 있다

목련꽃의 반성

3월이 다 가도록 너는
내 눈부심으로 외로워지고
내 미소로 눈물짓는다는 것을
알고도 모른 체했던
나의 위선

가만히 기억해 보라,
철모르는 나의 영바람*으로
네 가슴속 깊은 곳에서 불러낸
그리움이
나의 가살스런 눈빛이었음을

그리하여 너는 무척 아팠지만
사뭇 벙어리 미소만 물고 있던 내 입술
하얀 잇속에 댓잎 같은 혓바닥으로는
내게 풀어놓던 너의 짝사랑도
결코 위안받지 못했음을

비로소 꽃잎을 내려놓고
모든 눈부심을 4월의 땅에 묻고서야
이제, 나는 반성한다

* 자랑하고 뽐내는 태도나 기세

찔레꽃

나를 붙잡지도 못하고
우리 기약 없이 헤어지던 날
그 고즈넉한 언덕배기 뒤에 숨어서
논두렁 밭고랑을 달려가던 내 모습을
희뿌연 밤 안개가 지울 때까지
어머니
눈시울을 붉혔을 거라
보진 않았어도 나는 다 압니다

아직도 한 번 입맞춤하지 못한
샛강 여울 타고 아른대던 붉은 달빛을
오늘은 여린 잎에 널어놓은 채
설움의 가시를 품속에 감추어 두고
오월 새벽을 보낸 게 누군지
말하지 않아도 나는 다 압니다

돌아오면 행여 잊을라
그 산기슭에서 웅크리고 앉아

어젯밤도 내내 울어놓고선 아니 울었다고
하얀 뺨에 흐르는 눈물을 훔치며
그건 밤이슬이라 우겨도
그래 나도 다 압니다
잊으려도 잊으려 해도 잊지 못하는 걸

2부
자전거

곡선

평생토록 하늘을 지고 견뎌온
산등성이,
가만히 살펴보니
허릴 굽혀 계곡과 나무들을 껴안고 있다
우리 할아버지 등 굽은 것도
세월의 무게 때문인 줄 알았더니
자식들의 사랑, 그리움
그리고 아픔까지 감싸 안느라고 그랬구나

불혹의 나이 지나니 이제야 알 것 같다
내 마음속
그 날선 모서리도 부드럽게 둥글어져
진흙탕에 떠내려가는 개미들의
작은 아픔까지도 끌어안을 수 있다면
나의 詩,
비로소 빛나는 보석으로 여물 것이라는 걸

채송화

5월이면 늘 저만의 세상인 양
대낮에도 붉은 성벽을 넘다가
철조망에 찔려 피 철철 흘리면서
햇살 앞에서 울고 있는 걸 보면
넝쿨장미, 너도
5월 뜨락에 핀
흔하디 흔한 꽃 중의 하나였구나

어린 봄날에는
날카로운 가시를 세워
가까이 다가갈 수 없었던 너
오늘에야
너의 거만으로 인해
어둠의 뒤안길에서 몰래 바라만 보던 달빛
그 멍든 마음을 알 수 있겠지

보아라,
제 키를 낮추어 뽐내지 않고

높은 담장도 애써 넘지 않더라도
채송화에는
꿀벌들이 스스로 찾아들고 있는 것을

허수아비

새들이 나락 몇 알 훔치는 걸
눈 부릅뜨고 밤낮으로 지키며
애간장도 없는 놈이 애태운들
누가 알아주기나 하는가

새는 새 대로 주인은 주인대로
제 배만 채우고 늘 나를 탓하더라도
대꾸 한 번 못하고
빈 겨울 들녘에서조차 떠나지 못한다고
그렇다고 나를 배알도 없는 허깨비라

비록 내 눈이 어둡다고 해도
황금밭이 어찌 눈부시지 않겠는가
그 황금천지에서 몇 푼 슬쩍하여
도시로 줄행랑친들, 아니면
누더기라도 갈아입은들 누가 알까만
아니네, 모르는 소리
내가 외다리에다 배알 없이 살지만

그래도 씨알머리조차 없지는 않다네

비바람이 다 쪼아먹은 듯하지만
어느새 새록새록 다시 살아나는
내 가슴,
어찌 뜨거운 피 흐르지 않는다고 말하는가
새가슴도
가슴은 가슴이라네

행운목

목이 잘리는
아픔과 굴욕을 참아가면서
체면까지 비워낸 모습이 우스꽝스럽더라도
햇살 비추는 곳에 앉아
태연한 척 미소 짓는 건 허울이던가
실직으로
목이 잘려서도 그는
눈물 없이 상처를 달래가며
새로운 꿈을 꾸고 있다

내일은
또 다른 태양이 떠오르듯
오늘 비록 꿈이 정지되었더라도
세상의 빛 처음 만나던 날
어머니가 전해준 소중한 생명의 탯줄이
분명 어딘가에 남아
언젠가 다시 푸른 잎 피워 올릴 수 있는
거름이 되리라 기대하면서

인생이란

연鳶이다

바람이 불어도 제 마음 비우지 못하면
바람이 불어도 좌우로 중심을 못 맞추면
바람이 불어도 붙잡아줄 생명 끈이 없으면
바람이 불어도 포근히 안아줄 줄 모르면

연은 하늘에 머물러 있지 못한다
무게를 줄였더라도
균형을 취했더라도
설령, 비단 줄이 있더라도
바람이 불지 않으면 연은 하늘로 오르지 못한다

바람 속에서 늘 번뇌로 무거워지고
바람 속에서 늘 시비의 곡예를 하며
바람 속에서 늘 거미줄 같은 인연의 끈을 잡고
바람 속에서 바람을 맞고 사는
인생,
언제나 자신이 허공을 흔든다고 착각한다

양파를 벗기다 보면

작은 알맹이라도 찾으려고
한 겹
또 한 겹을 벗기고 보면
자꾸 얇아져 가는 허연 껍질들
그렇게 벗기다 보면
마지막엔 아무것도 없습니다

한 발자국
또 한 발자국을 내딛을 때마다
되돌아보기라도 하면 숨어 늘 딴청 피는
세상도
우리네 삶도
손바닥에 묻어나는 끈적끈적함이나
코끝에 맴도는 매운바람
그 모든 게 양파를 닮았습니다

기어이 껍질만 남을 걸 모른 척
우린 무작정 걸어가고 있습니다

때론 껍질도 알맹이라고 우기겠지만
허나,
울지 않으려 해도
저절로 눈물이 흐르기도 할 겁니다

탑을 쌓다

산다는 건 탑을 쌓는 일인가
땅을 고르고
돌을 골라 반듯하게 깨고 다듬으며
조금이라도 더 높이 쌓으려고
층층이 켜켜이
욕망과 허울을 붙잡아 세우고
상실과 상처의 틈새도 빈틈없이 채웠다

처음에는 내가 탑을 쌓고 있었지만
어느 해부터인가
탑이 나를 세우고 있었다
허상의 탑 중간에 서있을 때
바람은 더욱 거세어져
더 오르지도 못하고 내려서지도 못해
안절부절 못하는 나
이젠 내려가야 하는데
후들후들 관절의 비명이 가슴팍을 후려졌다

높이 올라가는 것보다
내려가는 길이 얼마나 아득한가
내가 쌓은 돌층계 너머로
어디선가 다가온 새벽이
희미한 어둠을 베어 물고 미소 짓고 있었다

누에

저 홀로
깜깜한 동굴로 들어가
긴 세월 눈감고 참선하고 있다가
어느 봄볕 좋은 날
스스로 해탈하면서
드디어
하늘로 오를 수 있는 날개를 얻는다

어디 어둠 없이 새벽 오는가
고통이
희망의 문인 것을
어둠이
곧 빛인 것을

참숯

은빛 햇살이 팽팽했던 유년
한번쯤은 하늘로 오르길 소망했는데
어느 기억 속에서도 날던 모습은 없다
다가가면 다가간 만큼 멀어졌던 꿈
이제, 한 평 습습한 땅속에 누어
겻불로 조금씩 제 몸을 화장火葬한다

살아서는 두려웠던 죽음
스스로 살갗을 태울 때
눈물은 혼불이 되어 허공에 흩어지고
뼛속 깊은 곳까지 웅어리졌던 울분
남김없이 불살라 까만 숨구멍을 만든다
마침내,
하늘로 통하는 길을 얻는다

자전거

안장에 앉아 핸들을 잡고 페달을 젓는 순간부터 무수히 넘어져야 했던 처음 배울 때를 나는 기억한다. 핸들이 왼쪽으로 쏠리면 오른쪽으로 몸을 기울였다. 그러면 영락없이 자전거와 함께 쓰러졌다. 넘어지는 쪽으로 몸도 같이 기울여야 한다는 사실을 알게 된 건 나의 무릎에 상처가 몇 번이나 반복된 뒤였다. 함께 기울어 넘어질 수 있는 용기가 생길 때, 비로소 페달을 서서히 젓더라도 넘어지지 않았다. 나아가는 앞길이 훤하게 보였다. 다만, 후진할 수 없으니 뒤를 볼 수 없었다

두 다리로 걷기까지 수백 날이 필요했을 나, 그 삶도 자전거처럼 앞으로만 나아갔다. 앞은 한치도 보이질 않았으나 지난 길을 보고프면 앉아서 돌이켜볼 수 있었다. 그렇지만, 옛날로 돌아갈 수는 없었다. 인생이나 자전거나 앞으로 달려가는 것은 꼭 닮았지만, 자전거는 뒤를 돌아볼 수 없고 삶은 앞을 바라보지 못한다

죽순竹筍

대숲 사이 비 개인 새벽을 걷다가
어디선가 날 부르는 음성을 듣는다
돌아보니 빈 허공 속
간밤에 한 뼘씩이나 자라버린
죽순뿐

나이 들수록 허전해지는 가슴으로
몸 시려 웅크린 나에게
삶은
늘 그렇게 비우며 채워 가는 거라고
속을 썩히면서 뼈대를 세워 가는 거라고
허리 곧추세우며 하늘만 가리키고 있다

슬그머니 다가온 늦봄 어깨너머로
불쑥 붉은 해가 솟는다

제야除夜

일년에
오직 딱 한번
밤 없는 날 하루를
아니, 어둡지 아니한 밤을 잡아
철새들 휴전선 넘듯이 맘 졸이며 기다리다
검은 바다 한 가운데에 이르러서는
모두다 훌훌 벗어버리고
어둠의 경계를 한 발자국씩 넘는

이 밤에도
너의 숭고한 이름으로
지나간 죄를, 절망을, 통곡을 불사르고
또 다른 너의 이름을 빌어
새로이 떠오른다고 믿는
해에게 꿈을, 희망을, 약속을 걸며
눈부신 어둠 속 날밤을 지새우는
사람들

꼭 한번만인
첫날밤
닮은 그 설레임을 가슴에 품고

달동네

무엇이 그리워 하얀 눈발은
하나도 보잘것없는 달동네 골목에서
그토록 오래 머무는 것일까

가난한 사람들, 대낮에도
속 쓰린 세월을 녹이는
온돌방, 손바닥만한 아랫목에는
시린 바람이
문풍지 사이로 슬그머니 들어와 누워 있고
한강 불빛이 흥건한 일간 신문지는
빙판 길을 휩쓸다가
슬레이트 지붕 위
녹슨 TV 안테나를 잡고 떨고 있다

구멍마다 타다만 삶의 흔적이 끼인 채
추운 골목 쓰레기통 옆에
웅크리고 앉았던
연탄재,

제 온몸을 바쳤던 사람들의
발길에 채여 가며, 마지막으로
언 비탈길에 뼛가루마저 뿌리고 있다

무엇이 그리워 시린 추위는
하나도 보잘것없는 판자촌 골목에서
그토록 오래 머무는 것일까

우월憂月

초록이 비를 타고
주르륵 주르륵 흘러내리던 날
여린 몇 놈만 창살 틈에서 눈치 보더니
오늘은 그 무엇이 서러웠는지
모두들 쇠창살에 매달려
한꺼번에 울음보를 터트리고 있다

먹구름 뒤에 숨은 햇살에게 고개 들어
철조망을 붙들고 절규하는
넝쿨장미,
오월 망월동의 그 통곡소리
배어있는 달력에서
이제라도 우월憂月 한 장쯤 찢어 버릴까

오월만 되면
장미가시 사이를 무시로 드나드는 바람은
생채기 하나 나지 않았는데
괜스레 나만 죄지은 듯

붉은 핏빛만 보아도 가슴이 두근댄다
심한 울화병인가 보다

호두

무슨 통속인가요
푸른 여름에는 푸르다가
누런 가을에는 저도 누렇다가
서릿발에 누워 해골처럼 죽은 체 하는 짓이

아하, 알겠군요
그리운 것은 온통 품속에 감춰두고
애간장 다 녹더라도
겉으론 아닌 척 시침떼고 있는
그대가 정말 위선자인 걸

가만히 생각해보니
때론 나도 그대 만나면
그 알량한 자존심만 깨어질까 봐
가슴 열어 말못하고 조바심만 했었지요
그렇군요
그대도 나도 모두 한 통속이군요

감자를 삶다가

감자가 익었는지
솥뚜껑을 열고 뒤적이다가
제일 못 생긴 큰 감자를 하나 골라
기다란 젓가락으로 쑤셔본다

세상에는 열 받을 일이 많아서
그 때마다 얼굴이 후끈후끈 달아오르고
가슴을 불쑥불쑥 쑤셔오던 것이
神의 젓가락질이 아니었는지
살면서 가슴속에 작은 못 하나라도
박히지 않은 사람 없겠지만
산다는 걸 고통으로 확인하는 것인지
우리네 삶을 속까지 푹 익히려고
간혹 애간장이 푹푹 끓는가 보다

솥뚜껑을 닫고 기다린다
감자는 한증막 같은 열기를 참느라
성난 황소 입김을 내뿜는다
잘 익고 있는 모양이다

황돔

파도치는 바위틈에 서서
릴을 드리우고 있다가 건져 올린
황돔 한 마리
펄펄뛰는 그놈을 도마 위에 올려놓더니
먼저 시퍼렇게 눈뜬 대가리부터 자르고
가슴을 갈라 배알을 빼고
등에 꼬리에 지느러미를 모두 베고
황금 비늘도 칼로 긁어 버리고
짜디짠 바닷물에 헹구더니
속살 한 점을 초고추장에 듬뿍 찍어
내 입에 먼저 넣어 주는
친구

거친 세파에 밀려 실직했는데도
누가 물으면 언제나
할 일이 있어 명퇴했다고 대답하는

시간이 지나면서

점점 작아지는 허울일지라도
아직은 내버린 부레같이 부풀어 있건만
이제 살 한 점
꿈 빛 너울지는 바닷물에 씻어낼 것도 없는
황금빛 돔 두 마리
오늘 하루도
노을이 질 때까지 무인도 절벽에서
퇴근 시간을 기다리고 있다

겨울장미

한겨울 어느 오후
쇠창살 셔터가 내려진 쇼윈도우가
중세기 군졸만 파는 인형가게 앞
여의도 큰 마당에는
어느 지방 남사당패인지 모르겠지만
꼭두쇠 선창에 뜬쇠들이 온갖 풍물들로
북한산 바위까지 흔들거리도록
신명을 다해 굿판을 벌였다

마당 뒤에서 구경꾼이 되어
패거리 얼쑤 장단에 가락도 모르면서
때론 어깨를 들썩이며 발장단을 맞추다가도
인형가게 쪽을 흘깃 곁눈질해가며
연신 줄담배를 피워 물었던 환경미화원
김씨,
이제 그는 아무 상관없다는 듯이
한판의 굿이 끝나가는 마당 곁에서
아직도 자리를 뜨지 못하는 붉은 얼굴들과

마음들이 긁히던 사금파리 소리와
짓이겨 끈 담배꽁초 몇 개비를
어느 것도 가리지 않고
거친 빗질을 해대며 쓸어 모으고 있다

아마도 내일은
난지도 쓰레기 매립장에서
목숨 줄 핏대를 붉히는 처절한 아우성으로
가시 달린 넝쿨장미가 필 게다

담쟁이 넝쿨

살기 위해 어딘가에
죽을 각오로 매달려보지 않았다면
추락하는 자를 비난할 자격도 없다

어딘가 한 곳에 뿌리를 내려야만
작은 꽃이라도 피울 수 있는 거라고
햇살 환한 날에도
남의 몸에 기대어 사는
부끄러운 가슴을 가릴 수 있는 거라고

한마디 변명도 없이
다만, 담쟁이는
살기 위해
붉은 절벽에 악착같이 매달려 있을 뿐이다
아파트 입구에 난전을 펴고 앉은
할머니의 갈퀴손처럼

3부
탈

탈

울고 싶어도 울지 못하고
울고 있어도 소리내지 못하고
울고 나서도 눈물 닦지 못하고
그래서 울어도 웃고 있는
우리 아버지

웃고 싶어도 웃지 못하고
웃고 있어도 소리내지 못하고
웃고 나서도 눈물 닦지 못하고
그래서 웃어도 울고 있는
우리 어머니

옹이

소나무 옹이는
관솔이 되어 어둠을 밝혀줍니다
황소의 옹이는
우황이 되어 아픔을 치유합니다
전복의 옹이는
진주가 되어 아름다움을 줍니다
꽃잎의 옹이는
열매가 되어 향기를 달아줍니다

그렇지요
못 이룬 사랑도
비록 아프기는 하지만
가슴에 뿌리깊은 옹이를 남깁니다
그래 간혹 바람 불어올 때
마음도 함께 흔들리는 걸 보면
우리는 평생토록
그 옹이에 기대어 사는 게
분명합니다

등잔불

오십 년 세월을 변함없이
문풍지로 다가왔던 발 시린
북풍에게
오늘도 누가 볼세라
슬며시 고개를 돌려 곁눈질해 보지만
두고 온 고향 땅이라도 다녀왔을 거나
속 시원하게 묻지도 못하고
쓰린 가슴만 태우며
흔들리고 있는
넌
우리 어머니 눈가로 스며드는
한숨이 피워낸

울음 꽃

대추나무

한창이던 목련꽃 잔치를
멀찌감치 물러서서 모른 척 하다가
花客들 모두 돌아갈 느지막한 무렵에야
색 바랜 초록 치마저고리일지라도
단정히 차려입고 나선
새색시

한여름 뙤약볕에도 말이 없더니
초가을 저녁
목련꽃 신부보다 먼저
초가집 추녀 끝, 노을 줄기에
루비보다 더 고운 보석을 달아 놓고도
수줍어하던, 그러고도

긴 겨울밤, 뒤란 장독대 정한수 한 그릇에
찬바람의 뺨 회초리를 말없이 견디면서
늘 기도하던
어머니

나는
가을 태생의 그 대추띠 입니다
겸손하기보다 때로는 어리석어 보이는
어쩌면 아주 당돌하기도 한

현수막

해 종일 어머니처럼
우리 발자국만 졸졸 따라다녔던
금빛 햇살,
반짝이던 그 시냇가 모래밭이
어느 해 황톳물 등쌀에
오색 징검돌조차 묻혀버린 뒤

그 날 이 후,
머나먼 도시로 떠나가서는
노을지도록 돌아올 줄 모르는
幼年을 기다리며
이 가을에도
그 시냇가 갈대에 목만 걸려
기러기 날갯짓으로 애처롭게 울고 있는
어머니의 무명치마 자락

그건 언제나
빈 허공에 나부끼는 그리움이다

깃발

말 한 마디 전하기 위해
그까짓 실바람에게도 목숨 줄을 대고
온 몸으로 하소연도 했던 넌
어느 봄날에도 나에게는
슬펐다는 말 한 마디 하지 않았다

한 번 눈 도장이라도 찍기 위해
그까짓 뜬구름에까지 손을 비벼가며
온 몸으로 간청했던 넌
어느 여름날에도 나에게는
아팠다는 내색조차도 하지 않았다

늘 맞바람 부는 삶에서조차
아무 일 없었다는 듯 태연한
우리 어머니
지친 발걸음을 덮고 다니는
그 누더기 치마 자락처럼
콧물을 닦는 척

몰래 뒤로 돌아서 눈물만 훔쳤을 뿐

바람 한 점 없는 이 가을날에도
네 가슴속은
분명 잔잔히 흔들리고 있을 게다

몸뻬 바지

한 번도 기를 펴보지 못했고
한 번도 세상에서 주름잡지 못했고
한 번도 번듯한 줄도 세워보지 못했다

그렇지만
구겨져도 울지 않았으며
티가 묻어도 슬프지 않았으며
모두가 가난했던 어린 시절에도
그 어렵다던 IMF 시기에도
다행인지 불행인지
풀 먹지도 물 먹지도 않았는데

오늘따라
지난 세월의 뒤안길을 살피고 계시는지
어머니 눈시울에 자산홍이 피었다
진다

동백꽃 · 2

초가집 처마에서
아직 겨울에 겨운 빗방울 소리
문풍지 새로 기웃대는 정월 그믐밤
어둠이 포위한 등잔불 밑에서
무릎에 올려놓고 구멍난 양말 깁다가
가난뱅이 속살마저 뚫고 헝겊 골무 위로
피워 올렸던 그 붉디붉은 서러움,
어머니
당신은 그 촉촉한 눈망울 속에서
웅크려 잠든 우리들 머리맡으로
말없이 파란별을 하나 둘 내려놓고 있었지요

개펄

바다는
끝간데 없는 바람사막 뻘을 지나
아득히 멀어져 가고

짠 눈물이 휩쓸어 무너뜨린
가슴, 아물다 만 회색 상처딱지에서
진한 염증만 보글대는데
그 사이, 사이에서 갯망둥어는
부채를 흔들며 마당 굿을 한다

하늘을 물어뜯어
깨꽃을 피우는 꽃발게들 멀리
그래도 작은 소망을 캐는
어머니,
가냘픈 허리 펴 해를 가릴 때
눈시울로 흐르는 노을
그러잖아도 가슴은 썰렁한데
갯바람은
그 속으로 매운 파도를 말아오고 있다

우산

가야하는 길이 늘 질척이는
빗길뿐이라

송곳처럼 뚫고 달려드는 비바람을
맨몸으로 맞는 아픔
어깨 펴 태연한 척 해보지만
텅 빈 가슴
남모르게 빗방울이 맺히는
너,
부챗살 같은 뼈마디 마디 사이에
검은 슬픔이 배어있다

네 가슴을 후벼파는
비,
정녕 그 누가 막아줄까만
시린 빗물에 떨 가난한 이웃 감싸줄 이
이 세상에 너 말고 누가 있던가

노점

늦가을 오후가
장미넝쿨에 걸려 버둥거리는 아파트
몇 잎 낙엽조차 힘겨워하는 플라타너스 길가에서
지난 폭풍우가 씨앗으로 남겨준 빨간 고추 한 소쿠리
텃밭에서 캐어온 밤고구마 몇 개를
허름한 마대 위에 올려놓은 채 졸고 있는
할머니,
이따금씩 지나다 푸성귀를 사던
아내 목소리에 설핏 든 잠이 깨어 배시시 웃는
마른 저수지 주름바닥의 볼 우물가
작은 사과 두 개가 열렸다
아내는
오늘 불그레한 사과 두 개를 샀다

해송

유월 햇살이
바람 달린 나뭇잎 사이를 뚫고
붉어 터진 살갗으로 내려꽂힐 때
등 굽은 해송 한 그루
하얀 눈물을 흘리고 있다

헐벗은 갯벌에서 작은 소망을 캐는
어머니,
허리 펴 수평선을 바라볼 때
유월이 끌고 온 열풍은
가뜩이나 애끓는 가슴에 불을 지르는데

어머닌 저 소나무를 닮아
바람 같은 삶,
그 인연의 끝자락이라도 놓칠까
가끔 명치를 치고 올라오는
배반의 세월
그 아픔 참아가며
다시, 또다시 등을 굽히고 있다

폐가 廢家

차가운 바람이 주인 허락도 없이
무너진 갈비뼈 사이를 지나
가슴속까지 비집고 들어와서
겹겹으로 쌓인 추억을 흔들어 깨우지만
미동조차 하지 않고,
한 점 온기조차 없는 심장은
끊어진 대동맥 끝에 간신히 매달려
깊은 마음속에 고였던 슬픔을
한 사발도 퍼내지 못한 채로
이제는 제 몸마저도 썩히고 있다

언젠가 추억도, 슬픔도 모두 썩어
빈 것조차 사라지면
실바람조차 다시 일지 못하고
그 자리에는 달맞이꽃만 피겠다

어머니

봄비로 꽃돌이 묻힐까 봐
아버지가 몇 번이고 몰래 건너보았다던
앞 개울 징검돌을
홍등처럼 뺨 붉히며 건너온 후로
청양 고추보다 더 매운 시집살이와
애들 안고 마른 젖을 짜야했던 피난살이며
윤사월 보릿고개 눈물나던 살림살이로
그 징검돌이 가시 울타리가 되어
일평생 한 번도 건너보지 못했다는
어머니,
쓰고 또 써서 낡아버린 테이프처럼
몇 개는 이미 닳아 재생불능이고
어느 것은 잘못 이어 순서가 바뀌었지만
50여 년을 퍼내고, 퍼내도
울안 샘물처럼 마르지 않는 이야기를
오늘도 반복하셨다

옥빛 걸음 혹시나 헛디딜까 봐

징검돌 곁, 여울물에 다리 걷고 서서
수줍음으로 내밀던 아버지의 손끝
태초에 살과 살이 닿는 순간의
그 가슴 저린 이야기는
끝끝내 감추고

각시붕어

청사초롱
그렇게도 단아한 몸맵시로
연지곤지 찍고 시집왔던
새색시처럼
작고 여리어 보이지만,
꽃피지 않는 들풀만 무성한 개천가
흐려진 물속 조약돌 사이에서
떠나지 못하는 수초들과
어우렁더우렁 사는
그대는

가난을 낳아도
무명 포대기로 애지중지 키우며
언제나 허기진 윤사월 보릿고개에도
뭇 나그네의 작은 아픔마저 외면하지 못했던
눈물 밭, 그 고향이 좋다고
여전히 머물러 기다리는

어머니

숨두부

한여름 땡볕에도
폭풍우에도 한번 울지 않았는데
어느 날
벗긴 알몸이 되어
소리쳐 어머니를 불러도 헛일
사랑과 미움이 맞물려 돌고 돌아 짓이겨져
삶이 거세되는 마지막 순간에
말없이 주르륵 흘러내리는
진한 눈물

흔들리는 달빛에 바람 들어도
밤새 꺼지지 않는 불씨로
가슴속에 영원히 뿌리내릴 것만 같았던
그 한스런 앙금들을 모두 우려내어
마침내 용서하며 부활하고 있는
지고지순한 사랑,
이제 다시는
양지 밭 고향으로 돌아갈 수 없을지라도
그는 슬퍼하지 않는다

콩대

스산한 가을 어느 날
가끔 마른 햇살이 들쑤시던
현기증 때문에 부쩍 여위어진 몸으로
분만실도 아닌 마당 멍석에 엎드려
마취도 하지 않고 들이대는 도리깨질에
온몸이 으스러지고 째지는 고통으로
자궁을 열어
그래도 건강한 다섯 남매를 낳은
어머니

보송보송한 솜털이 나있던 시절엔
나는
털끝만치도 알아채지 못했었다
품 안의 철없던 아이들을
험한 세상으로 떠나보내면서
가슴은 수천, 수만 갈래로 찢어져서
기껏, 송아지 죽이나 끓이기 위해
가마솥 시커먼 아궁이의

불쏘시개가
되어버린 이유를

나이테

1.
꽃 같지 않은 꽃 피울 때는
밤새 뒤척이면서 태연한 척 했고
폭풍우 다가온 날에는
허리가 다 굽도록 순응해 왔고
깊은 가을에는 온통 천지가
슬프도록 붉었어도 울지 않았던
뒷동산 소나무

어젯밤
세찬 비바람에 기어이 넘어져
이제 이승을 아쉽게 떠났지만
평생 한 자리를 이렇게 지켰다고
아버지가 반듯하게 톱질한 비석,
소나무 밑동은
아픔을 안에서만 어르고 달랬는지
해마다 흘린 눈물 흔적만
제 가슴 속에 차곡차곡 응고된 그림자로 남아
남녘 하늘을 기웃거리고 있다

2.
격동의 시절에는 누구나 그랬듯이
작은 상처 따위는 아픔이 아니었고
인연이란 무게로 기우뚱댈 때도 있었지만
그러나 순순히 넘어질 수 없었다
다만, 어느 때부터인가 꿈보다
지난 세월의 이야기가 점점 늘어나는
늙으신 아버지

평생토록
파먹고 살았던 다랑이 보리밭에
다행히 바닥이 보이지 않지만
이제는 송아지 쟁기에도 겨우 끌려가는
주름진 얼굴에는
속으로만 어르고 달랬던 시름이 넘쳤는지
해마다 몇 번은 뒤집혀야 사는
저 밭고랑 같은 굴곡으로 남아
짧은 저녁노을에도 긴 그림자 진다

주름

호숫가로 누운 동산에
가을 초저녁이 젖어들면
대낮에는 미동하지 않던 물거울이
어스름 속으로 바람을 부르고
노을도 슬그머니
갈잎 속삭임에 귀 기울일 때
아버지 황소눈 얼굴에
물너울이 피어 오른다

한창때에는
폭풍우에도 끄떡 않던 반석이었고
엄동설한에도 눈 깜짝 않고 서있던
청솔이라고 믿었었는데
내 오늘에야 비로소 알겠다
그대는
산보다 더 높은 시름이었고
호수보다 더 깊은 사랑이었음을

4부
죽은 꿀벌에게 묵념

현행범

산기슭 벚나무 하나
치근대던 봄 햇살과 눈이 맞아
봉긋한 가슴을 살포시 풀어헤치고
몰래 몰래 정분을 나누다
바람 기척소리에 놀라
옥색 치마로 얼굴만 가리고 섰다

한 자락 바람이 다가와
아직도 뜨거운 봄을 체포할 때
벌거벗은 벚나무는 손사래치고 있다
아니라고?
시침 떼도 그건 헛일
저 바닥에 흩뿌려 논 꽃방석은 어쩌랴

죄명은 분명 간통죄이다

은방울꽃

이른 새벽
순한 바람 한 자락
발꿈치 들고
추녀 끝 몰래
풍경소리 하나 훔쳐가다가 들켜
미처 잠 덜 깬
동자승 볼우물로 떨어뜨리자마자
아기 다람쥐가 날름 건져내
하늘, 파란 빨랫줄에 널어 말리는
새하얀
詩

첫 그리움

단풍

숲 속
어둠을 움켜쥐며
밤새도록 달거리 진통으로
한 짬 눈도 붙이지 못하고 뒤척대던
푸른 달빛

울지 말아야지
눈시울만 붉히며
개짐*을 몰래 숨겨놓고
늦가을 새벽 빈 들녘으로 달려가서
긴 밤 헛 용두질만 하던
허수아비 품에 안기더니

동녘 산마루는
붉은 점, 점점이 몸을 흔들며

홍 · 홍 · 홍

* 예전 무명천이나 삼베로 만들었던 여성 생리대

석류

장난둥이 일곱 살 적
쭈쭈바 먹고 헤 벌린 내 입술 사이로
서툰 말 몇 마디를 붙들고 있던
이빨 몇 개

내 입안에는
아주 달고 상큼한 침만 가득하여
멋모르고 네 앞에서
바지춤을 내려
슬쩍 내 비밀을 들켜주던 순간

붉은 별똥별들,
가을 햇살의 눈총을 참지 못하고
하필 샐비어 꽃잎 위에
똑, 똑, 똑 떨어졌다

고추

투명한 햇살이
실바람을 타고 흘러와
앞마당 고추멍석 위 어린 과수댁
다소곳한 볼우물 속을 다 채우고도 넘쳐흘러
명주 치맛자락까지 적셔올 때
그 광경 올려다보고 있던
붉은 고추
사타구니에 꼭꼭 움켜둔
누런 황금들을 슬쩍 보여주는 순간

그 고추더미 속에서 신접살이하던
벼메뚜기 한 쌍
놀라 하늘로 첨벙 뛰어들고
가을도 화들짝
늙은 은행나무 잎사귀 틈새로
눈만 빼꼼히 몸을 숨겼다

큰일 났다
툇마루 강아지까지 온통 샛노랗다

줄장미

밤마다 감시하던 푸른 달빛
거슴츠레 잠깐 졸고 있는 사이에
눈 맞은 어둠과 공모하여
슬그머니 담장을 넘으려다
오늘따라 일찍 깬 새벽
오월에게 들켰다

어디론지 어둠은 이미 줄행랑쳤고
그녀만 발목이 잡힌 채로
여전히 그리움에 목이 마른 지
제 발로 걸어 들어오는
한줄기 햇살로 다가가서
어둠을 보지 못했는지 묻는다

푸른 햇살은
피투성이 적삼을 철조망에 걸어 놓으며
'너는 아직 모른단다, 저 너머 세상을'
이라고 차마 말하지는 못하고
붉은 미소만 지그시 베어 물고 있다

꼬투리

된서리 내렸던 밭 두렁 콩 포기에
고추잠자리 한 마리
댓자로 엎어져 졸고 있는 오후

툭! 가을 햇살 재채기 소리에
소스라쳐 놀라 도망치다가
누구일까
살그머니 되돌아와 보니
가슴을 몽땅 털린
빈 껍데기 뿐,
제 몸보다 큰 눈동자를 두리번대다
콩 꼬투리를 잡고 늘어진다
네가 맞지? 돌을 던진 것은

몽달귀신
몇이 킥킥거리다가 얼른
누런 풀섶에 누워 째려보고 있다

자화상

노을은 아파트 옥탑에 걸리고
바람맞은 어스름이 십자가에 다가설 때
굴뚝새 한 마리
저녁연기 오르던 굴뚝을 찾다가
괭이눈빛 같은 불빛에 놀라 줄행랑쳤다

이 겨울 밤,
쉬어갈 보금자리조차 없는 새를
무심한 척 애써 외면하고
나만
파리한 불빛 비치는 동굴로 돌아와
늘 그랬듯이 삶의 먼지를 털고 있는데
어둠을 걸친 거실 유리창문 속
까만 깃털들만 유령처럼 흩날리는 사이로
굴뚝새 한 마리가 나를 보고 있다

그렇다,
세상은 온통 굴뚝 속에서 떨고 있다

* 굴뚝새 : 여름에는 산에서 살고 겨울에는 민가 굴뚝 근처에서
  사는 텃새

어느 어촌의 사랑

저녁노을이 해를 껴안더니 온통 발개진 하늘과 바다, 샘이 난 세상은 열정적으로 애무하는 둘을 시퍼런 칼날 같은 수평선으로 갈라놓고. 엿보다 슬며시 다가오는 하늬바람, 잿빛 화로에 풀무질하여 불꽃 피우고. 빨간 숯불덩이를 인 돛단배가 먼 바다에서 파도를 타고 올 때, 구름 속에는 구렁이가 똬리를 틀고 앉아 무거운 어둠을 잉태하고.

그 사랑 해코지하면 태풍이 불어온다는 걸 아는지 모르는지 파도는 밤새 소리 높여 아낙네의 긴 밤을 흔들고. 새벽까지 댓돌 위에 하얀 달빛이 쌓였는지 고무신 두 켤레는 보이지 않고.

껌

늙은 윤락녀,
단물과 향기 다 빨려버리고
역 주변 길거리에서
아무에게나 애걸하며 달라붙더니

황량한 도시의 어둠 밭에
더러운 구둣발로 마구 짓이겨져
버려진
까아만 눈물 덩어리

착각

한라산 꼭대기 윗새오름에
끝 봄이 다 되어서야 겨우
꽃망울을 터트린다는 철쭉꽃이
올해는 속절없이
폭설 속에서 꽃 피웠다는 소식이 전해지자

한 여름 폭염 속에서도
가끔은 살얼음판으로 위태로운
서울 한복판 광화문 길가에도
아직 2월 시린 햇살인 줄 모르고
온갖 꽃들이
눈, 눈이 부시도록 활짝 피었다

얼어터진 늦겨울 틈으로
이제야 겨우 여린 봄꿈이 움틀
입춘 무렵
파르르 떠는 그 입술들 눈물겹다

은하수

서울에는
원체 잘난 놈이 많아
아무리 튀어봤자 빛도 나지 않아서

산골 봉평 땅으로 와
한 줌은 높은 하늘에 널어놓고
한 줌은 깊은 골짜기에 던져 넣고

나머지는 몽땅
저 언덕
하얀 메밀밭에 뿌려 놓았는지

물레방아 소리에 묻혀있던
곰살가운 그리움처럼
빛나는 꽃잎으로 피어난다
그대는

초승달

유혹의 칼로
단 것을 몰래 발라먹느라
허둥거리다가
잃어버린
어느 여인의 한쪽
속눈썹이다가

어두울수록 더 슬퍼져
그리하여
저 암흑을 할퀴려고
긴 손톱을 갈다가 생긴
아리디 아린
상처 자국이다가

낙엽

오랫동안 가슴속에서
피어나길 기다리다 죽어간 언어들이
선지 덩어리처럼 떨어져 버린 뒤
비로소 나는 알았다
언젠가 찾아올
제 맘 알아주는 이를 위해
말없이 기다린다는 것은
바보 같은 짓이었음을

늦었지만 이제는
마른 갈대처럼 비워진 그 자리에
차가운 강바람이라도 채워
겨울을 준비해야 한다
그리하여, 새 봄에 돋을 언어들을
고이 간직하다가 썩히고 마는
그런 어리석은 짓은
결코 아니 하겠노라 다짐하며
오늘, 죽은 언어들을
화장火葬한다

독살

4대째 이어 몽산포 개펄에
돌 둑을 쌓아놓고
한 번도
먼 바다로 나가지 않아도
고깃배에 멀미하지 않아도
큰 그물을 드리우지 않아도
푸른 달빛이 끌어오는 은빛 고기떼
원하는 만큼 잡아야할 미련도 없이
늘 주는 만큼만 받아들이는
그 어부

오늘도 진흙 개펄 속에서
가슴 가득한 회색 욕망을 걸러낼
독살*을 치고 있는
그를
세상은 천상天常 어부라 한다

* 조수 간만차를 이용, 고기를 잡는 돌 어살

풍장 風葬

하늘보다 더 푸른 쪽빛이었다가
태양보다 더 붉게 빛나기도 했다가
남은 것은 빛 좋은 허울뿐인
단풍 한 잎

한낱 들풀인 줄 알았나 보다
지나던 바람은 황태처럼 핏기도 없는 그를
명주치마 한 자락을 찢어 돌돌 말아서
돌계단 구석에 내동댕이쳐 버린다
세상 험한 줄은 알아도 아랑곳하지 않는
남은 이들의 찡그린 눈총에
사정없이 짓밟히고야 마는
한목숨

비문도 없는 돌 제단 너머로
가을 진혼곡이 끝난 지 오랜데
바람은 아직 서성거리고
전철도 지나며 애통하게 넋두리한다

오늘 밤도 지하 돌계단 한구석에서는
길거리의 삶,
또 하나 쓸쓸히 풍장당하고 있다

모카 커피

아까부터 아내가
비 내리는 창가에 우두커니 기대어
모카향 짙은 커피를 마시며
내려다보고 있는 길가,
이 늦가을 오후에
누군가 보낸 빛깔 고운 편지가 수북이 쌓여
온통 빨개진 우체통을
감나무 우듬지의
홍시 하나
두 뺨을 붉히며 내려다보고 있다

언제쯤인가
나뭇잎 끝에서 달려오던 가을
이내 빗줄기에 이끌려
아쉽게도 어디론가 떠나가고 있고
입맞춤만 남은 커피 잔을 들고 있는
아내,
그리움은 손끝에서 물든다

수백粹白

누군 서른에 잔치를 했다지만
친구, 우린 오늘
나이 쉰이 훌쩍 넘어서도
왼 종일 축제를 벌이지 않았나
나이 오십이면 天命을 안다고
몇 잔의 낮술에도 하늘의 별을 보았지

저 유리창 밖에 부는 바람이
된바람인지 샛바람인지도 모른다고
대체 누가 우리를 탓한다 말인가
술잔에 가두어진 게
톡 쏘지도 않는 달콤하지도 않은
그게 텁텁한 막걸리 닮은
삶이었어도
자네나 나나 제법 취하지 않았던가

나는 반쯤 취하여 돌아오고
자네도 반쯤 취하여 돌아가고

그러나저러나
낮술에도 단풍이 왜 그리 고왔던지
나는 이유를 묻지 않겠네
이제, 어언 30년이 지났으니
그 세월이면
눈빛만 스치더라도 나는 알지
저리도록 하얀빛으로 익을 거라는 걸

죽은 꿀벌에게 묵념

한번 쏘아버리고 이내 죽어버린
저 꿀벌과 같이
단번에 쏘아
너 또한 죽일 수 있다면
나 이제 죽더라도 후회 없을 터

쏘고 또 쏘아도
너는 죽은 척도 않고
나 또한 죽지 못해 사는
가련한 자의 무디고 무딘
침,
찌르지도 못하고 배설된

詩의
내 언어들

그리움의 유통기한을 찾아서

정 숙
(시인)

1.

김 성덕 시인은 공과대학 교수이며 공학박사로 대학에서 후학을 가르치고 있고 단란한 가정을 가진 50대 초반의 아직 기죽을 필요 없는 이 시대의 당당한 남자다. 그런데 무엇이 부족하여 늦깎이 시인이 되었는지 종종 궁금하기도 한데 딱딱한 기계와 숫자놀음에서 벗어나기 위함이라고 변명을 자주하지만 그의 시 세계를 따라가다 보면 자연적으로 그 답이 나올 것으로 믿는다.

우리가 처음 인연을 맺은 것은 인터넷 포엠토피아

'시인에게 물어볼까' 에서의 입씨름을 시작으로 허기진 깃발처럼 끊임없이 소용돌이치는 그 가슴속 그리움을 한 송이 고운 꽃으로 피워내기 위한 길동무가 된 것이다. 산다는 것은 여러 가지 線을 긋는 일인데 특히 변덕스럽고 꼬리가 보이지 않는 詩란 요물단지로 인해 보이지 않는 끈끈한 情의 끈으로 그 가슴 뒤안길에 비밀스레 꼭꼭 숨겨진 보석 알갱이들을 캐내어 고귀한 문양의 매듭을 엮는데 조금이나마 도움이 될 수 있다는 것이 개인적으로 참 고맙고 다행한 일이라 생각한다.

2.
그리움이 없는 사람이 있을까? 유통기한이 없는 그 그리움 때문에 돈과 상관없는 그림으로 노래로 시로 뜬 눈으로 밤을 밝히면서 점점 이제까지 자신이 장님이며 벙어리였었다는 사실을 깨닫게 되고 때론 절망하면서 내면 성찰로 사물을 자기 자신만의 눈으로 보고 그 말을 알아듣는 귀를 틔우기 위해 훈련을 거듭하는 것이다. 그 길이 자신을 새롭게 거듭 태어나게 하는 길임을 알기에 점점 그 늪으로 빠져들면서 전통적 가락을 바탕으로 갇혀있던 그리움의 언어들을 주관적으로 울컥 쏟아내다가 차츰 직관력과 상상력으로 가다듬어 빛나는 보석을 세공하는 기술을 터득하게 된 것이다.

유통기한은
우유에만 있는 게 아닙니다
돌이켜 생각해보니
나의 첫사랑에도 있었답니다

기한이 지난 우유를 마시면
영락없이 배탈 나듯이
첫사랑도
내게 머물 기간이 끝났는지
어느 날, 훌쩍 내 곁을 떠나간 뒤에
불면의 후유증만 남겼습니다

향기는
꽃잎 따라 피고 지던데
그리움은
첫사랑 따라오기만 하고
그 사랑이 떠난 후에도
오래오래 가슴속 깊이 머뭅니다

첫사랑은

유통기한이 있지만
두고 간 그리움에는 분명 기한이 없답니다
—「첫사랑」 전문

　그의 시를 읽다보면 겸손해 보이는 외모의 수줍은
웃음처럼 김 시인은 참 여성적이고 섬세하다는 느낌이
든다. 좋은 뜻으로 풀이하면 자신의 내면을 그만큼 잘
다스릴 줄 안다는 뜻이 될 것이고 달리 말하면 아직 자
신감이 없어 그런 것이 아닐까 하는 염려를 얻게 되는
데 그것도 기우임을 곧 눈치챌 수 있을 것이다. 이 시
「첫사랑」에서 유통기한 없는 그리움이 시를 쓰게 하는
동력이 된다는 것을 알 수 있는데 시 쓰기의 첫걸음인
그 흔한 그리움과 첫사랑이 화자의 손끝에서는 독자들
에게 아련한 추억의 기적소리를 듣게 하는 힘을 가지
고 있기 때문이다.

아하, 알겠군요
그리운 것은 온통 품속에 감춰두고
애간장 다 녹더라도
겉으론 아닌 척 시침떼고 있는
그대가 정말 위선자인 걸

—「호두」 부분

윗글에서 시인은 그리움 따윈 가슴속에 묻어두고 그냥 살아야 한다는 사회 통념적 고정관념과 투쟁하다가 끝내는 끊임없이 돋아나는 잡풀 같은 그리움을 감추는 것은 위선이란 걸 어느 날 깨닫게 되고

> 약속시간이 한참 지나간
> 전철 순환선 지하 역 대합실에서
> 떠나갈 이를 기다려본 사람은 안다
> 머물지 못하는 것들에는 뭐든
> 그리움이 숨어있다는 걸
>
> 순환열차는
> 잠시 머물러 또 다시 떠나고
> 나만 한동안 그 자리를 뜨지 못한다
>
> ―「순환열차」 부분

순환열차를 기다리듯 기도하는 자세로 노래 부르며 일찍 사별하신 어머님의 초상화를 그리기 위해 개펄에서, 또는 깃발과 현수막에서 동백꽃과 민들레 등 모든 사물에 앉아 계시는 어머님의 모습을 보게 되는 것이다. 어머니란 감정에 겨워 직정 直情에 빠지기 쉬운 단어인데 차분히 객관화시켜 다른 사물로 그림을 그려

보여줄 수 있다는 것은 일심으로 훈련에 훈련을 거듭
하여 시안이 밝아진 결과로 많은 시간 자신을 긴장시
키고 격리시킴으로 얻은 선물이기도 하다.

> 하늘을 물어뜯어
> 깨꽃을 피우는 꽃발게들 멀리
> 그래도 작은 소망을 캐는
> 어머니,
> 가냘픈 허리 펴 해를 가릴 때
> 눈시울로 흐르는 노을
> 그러잖아도 가슴은 썰렁한데
> 갯바람은
> 그 속으로 매운 파도를 말아오고 있다
>
> ─「개펄」 부분

> 초가집 처마에서
> 아직 겨울에 겨운 빗방울 소리
> 문풍지 새로 기웃대는 정월 그믐밤
> 어둠이 포위한 등잔불 밑에서
> 무릎에 올려놓고 구멍난 양말 깁다가
> 가난뱅이 속살마저 뚫고 헝겊 골무 위로
> 피워 올렸던 그 붉디붉은 서러움,

어머니
당신은 그 촉촉한 눈망울 속에서
웅크려 잠든 우리들 머리맡으로
말없이 파란별을 하나 둘 내려놓고 있었지요
— 「동백꽃 2」 전문

 늘 맞바람 부는 삶에서조차
아무 일 없었다는 듯 태연한
우리 어머니
지친 발걸음을 덮고 다니는
그 누더기 치마 자락처럼
콧물을 닦는 척
몰래 뒤로 돌아서 눈물만 훔쳤을 뿐
— 「깃발」 부분

그 날 이 후,
머나먼 도시로 떠나가서는
노을지도록 돌아올 줄 모르는
幼年을 기다리며
이 가을에도
그 시냇가 갈대에 목만 걸려
기러기 날갯짓으로 애처롭게 울고 있는

어머니의 무명치마 자락

—「현수막」부분

여기서 궁금하던 그의 첫사랑의 대상은 어머님이라
는 게 밝혀졌지만 대부분은 얌전하고 귀여운 아내임을
부정할 수 없다는 것도 밝히지 않으면 김 시인의 후일
이 괴로울 것 같아 시 한편을 올려본다.

사실은
그녀 눈동자만 오래 쳐다본 죄
벤치에서 남몰래 입술을 훔친 죄
이별법도 모르면서 사랑을 아는 척한 죄
침범하면 안될 것을 건드린 죄
그런 죄들밖에 없는데

봄꽃 지는 달밤
상처를 슬그머니 들춰보니
돌아앉은 그리움의 등 뒤에 새겨진
주홍 글씨

종 · 신 · 형

—「내 그리움의 刑期」전문

이처럼 시인은 종신형으로 선고받은 죄목을 부끄러워하면서도 감추지 않고 차라리 달게 받으며 간혹 끄집어내어 쓰다듬고 입맞춤하여 한 생의 동반자로 삼아 비밀스런 그만의 한 살림을 차리기로 한다. 시를 공부하다 보면 진정 자신을 발가벗겨 남들 앞에 당당히 나설 수 있을 때 비로소 시인이 된다는 말도 있지 않은가.

3.

그러면서 차츰 사회로 시선을 돌리며 부조리와 모순, 남의 아픔들을 끌어안고 자신의 자화상을 그려보기도 한다. 시 쓰는 일이란 밟히는 풀포기와 작은 벌레들까지 사랑과 자비로 감싸고 그리고 늘 우물 속을 들여다보며 자아 찾기로 마음을 닦는 수행자와 같은 일이기도 하기 때문이다. 땅만 더듬으며 겸손하게 핀 채송화와 장미를 비교하면서 세상 살아가는 법을 , 허수아비와 다를 바 없는 인생이지만 누에와 행운목에서 불행을 견디며 꿈꾸는 법을 터득하여 탑을 쌓으면서 긴 어둠의 터널을 건너 마침내 득도하여 시인이란 날개를 달고 퍼덕이고 있는 것이다.

　　　5월이면 늘 저만의 세상인 양
　　　대낮에도 붉은 성벽을 넘다가

철조망에 찔려 피 철철 흘리면서
햇살 앞에서 울고 있는 걸 보면
넝쿨장미, 너도
5월 뜨락에 핀
흔하디 흔한 꽃 중의 하나였구나
—「채송화」부분

비바람이 다 쪼아먹은 듯하지만
어느새 새록새록 다시 살아나는
내 가슴,
어찌 뜨거운 피 흐르지 않는다고 말하는가
새가슴도
가슴은 가슴이라네
—「허수아비」부분

목이 잘리는
아픔과 굴욕을 참아가면서
체면까지 비워낸 모습이 우스꽝스럽더라도
햇살 비추는 곳에 앉아
태연한 척 미소 짓는 건 허울이던가
실직으로
목이 잘려서도 그는

눈물 없이 상처를 달래가며
새로운 꿈을 꾸고 있다

— 「행운목」 부분

산다는 건 탑을 쌓는 일인가
땅을 고르고
돌을 골라 반듯하게 깨고 다듬으며
조금이라도 더 높이 쌓으려고
층층이 켜켜이
욕망과 허울을 붙잡아 세우고
상실과 상처의 틈새도 빈틈없이 채웠다

— 「탑을 쌓다」 부분

저 홀로
깜깜한 동굴로 들어가
긴 세월 눈감고 참선하고 있다가
어느 봄볕 좋은 날
스스로 해탈하면서
드디어
하늘로 오를 수 있는 날개를 얻는다

— 「누에」 부분

4.

시인이란 날개는 얻었지만 날아오르는 길이 그리 수월한 것은 아니다. 거기엔 부단한 노력으로 자신의 체험과 정서를 바탕으로 자신만의 독특한 시어를 갈고 닦으며 상상력의 나래를 펼쳐야 한다. 생동감 있고 갓 잡아 올린 돔이 낚싯줄에서 펄떡거리는 신선한 맛이 나야 두고두고 씹히는 글이 될 수 있기 때문이다.

시의 전통적인 서정적 흐름을 중요시 하는 김 성덕 시인의 고집이 이 부분에서 가장 힘들었을 것이다. 변신하기 싫어하는 그 고리타분한 냄새를 털어버리는 작업을 너무나 조심스럽게 깨금발로 걸었기 때문에 솔직하게 길동무로서 바라보기가 참 답답했었다. 그래도 꾸준한 끈기로 이제 창조적 상상력의 단계의 길로 들어선 듯 그의 눈빛에 잡힌 모든 사물들이 꿈틀거리며 살아 움직이는 걸 보면 내심 필자도 어깨춤을 추며 장단 맞추느라 갈피를 잡지 못하고 있다.

유혹의 칼로
단 것을 몰래 발라먹느라
허둥거리다가
잃어버린
어느 여인의 한쪽

속눈썹이다가
—「초승달」 부분

늙은 윤락녀,
단물과 향기 다 빨려버리고
역 주변 길거리에서
아무에게나 애걸하며 달라붙더니

황량한 도시의 어둠 밭에
더러운 구둣발로 마구 짓이겨져
버려진
까아만 눈물 덩어리
—「껌」 전문

밤마다 감시하던 푸른 달빛
거슴츠레 잠깐 졸고 있는 사이에
눈 맞은 어둠과 공모하여
슬그머니 담장을 넘으려다
오늘따라 일찍 깬 새벽
오월에게 들켰다
—「줄장미」 부분

붉은 별똥별들,

가을 햇살의 눈총을 참지 못하고
하필 샐비어 꽃잎 위에
똑, 똑, 똑 떨어졌다

——「석류」 부분

  위의 시들은 기막힌 은유들로 묘사의 묘미를 한껏
누린 작품들인데 긴 시간 고도로 훈련된 사유와 직관
력으로 이제 그는 신들린 듯 눈에 보이는 모든 사물을
멋대로 재창조하는 언어 마술사 또는 창조자의 기쁨을
누리고 있다. 가끔 귀신 씨나락 까먹는 소리도 하면서
모든 고정관념에서 벗어나 마음껏 창공을 날며 자유를
음미하는 이것이 바로 시를 쓰는 이들의 즐거움이 아
니겠는가. 학교에서 사회에서 가르치는 대로 고정관념
을 지니고 살아온 자신이 눈 뜬 장님이었고 벙어리였
던 사실을 새삼 늦게 깨달았지만 입이 열리고 눈이 열
리고 귀가 열린 기쁨을 돈이나 명예 무엇에 비교할 수
없을 것이다. 이것은 기쁨이자 또 조금만 게을리 하면
성질 고약한 어느 후궁처럼 금새 보따리 싸고 토라지
기에 독자의 가슴 밑바닥을 밀물 썰물로 잔잔히 때론
거칠게 파도치는 감동을 줄 수 있는 작품을 위해 김 시
인은 지금부터 더욱 이 소중한 긴장의 끈을 놓치지 않
고 항상 내면의 거울 드려다 보며 밝고 날카로운 詩眼

이 녹슬지 않도록 갈고 닦아야할 것이다. 두 손 모아 김성덕 시인의 좀 더 치열한 시 정신과 문운을 빌어보면서 독자들을 사유의 깊이에서 길을 잃고 헤매도록 할 그의 다음 시집이 벌써 기대된다.